詩集

処方箋

田畑 明日香

Tabata Asuka

文芸社

目次

真下の君 9
宙《ソラ》 10
花 11
夕涼み 12
拝啓 13
余裕 14
オレンジ 15
秋色の空 16
ガードレール 17
カーブミラー 18
冬へ行く 19
ナイフ 20
深海魚 21
私の心 22
思いの丈《たけ》 23
シャボン玉 24
ねぇ 25
意味 26
七夕 27
メランコリー 28
傘 29
幸せのもと 30
涙 31
生 32
夕焼け涙 33
海青《カイセイ》 34

帰り道 35
お気楽 36
いるべき処《ところ》 37
旅立ち 38
面影 40
乗り合い自動車 41
心の音 42
決別 43
ゆすらうめ 44
翡翠《ひすい》の皐月《さつき》 45
梅雨《つゆ》の雨 46
日輪《にちりん》 47
斜陽 48
追憶 49
夏入りの風 50

短冊 51
夏の色 52
十八の夏 53
軌跡の奇跡 54
裸足の散歩 55
一人月夜 56
アルバム 57
一つの威圧感 58
大人の階段 59
今日 60
くだらない理由 61
幸福の問答 62
necessity 63
路面電車 64
逍遥《しょうよう》日和 65

暁《あかつき》 66
ノスタルジア 67
はじまりはいつも図書館 68
本 69
読書の秋 70
万華鏡 71
夜を追いかけて 72
無音 73
大晦日《おおみそか》 74
年末年始 75
処方箋 77
ペシミスト 78
バベルの塔 79
未確認飛行物体 80
愚痴《ぐち》 81
文語 82
昇天 83
戦後六十四年 84
ウォークラリー 85
太陽と涙 86
寸陰《すんいん》 87
一瞬の辱《はじ》 88
端境《はざかい》 89
リセット 90
二十歳 91
トキノキネンビ 92
黎明《れいめい》 93
偽り 94
休み時間 95
鱗雲《うろこぐも》 96

ステップ　97
魔法の夜　98
想像する未来　99
誓詞《せいし》　100
蒼《あお》　101
契り《ちぎ》　103
決意　104
沈黙の中で　105
背中越し　106
ブランコ　107
共感　108
君の隣　109
アプリオリ　110
朝《あした》　111
バリエーション　112

現在《いま》　113
nobody's solitude　114
好き　115
融解《ゆうかい》　116
大切な人　117
受容　118
比較級　119
みどりご　120
願い　121
あとがき　123

詩集　処方箋

真下の君

桜の季節
人々は皆　上を向き
下にいる君のことなんか
おかまいなしで歩いてる
踏みつけられても
目を向けられなくても
君は　一生懸命　咲いているね
桜の木の真下で
ひそかに咲いている君
僕は　君のことも
大好きだよ

宙《ソラ》

もっと素直な心でいれば
この空も
違って見えるのかな

花

花が
満ちあふれている
幸せも
満ちあふれている

夕涼み

風を少し浴びたら
雨のにおい　ほんわか
あぁ　だからカエルは
こんなにも喜んでるんだ
夜から　また降るらしい
明日の夕方も
神様に感謝を　合唱するだろう

拝啓

風さん
暴れているのは
悲しいからかい？
なら　思う存分
泣いても　いいよ

余裕

今　私に
心の余裕があったら
おばあさんの手を
とってあげたのに

今　心の余裕があったら
夕日に照らされるこの道を
自転車を押して　歩いたのに

オレンジ

昇ってくる太陽よりも
沈んでいく夕日の方が
好きなのは　どうしてかな
紙には写しきれない橙《だいだい》が
遠くの方で　輝いていた

秋色の空

台風が吹き荒れた
次の日の空は
秋晴れがじんわりと
広がっていた
どんどん日の暮れるのが
早くなっていく
夕日の淡い色が
心に沁《し》みこんできた

ガードレール

一日中　そんなところにいて
寒くないのかい？

雨に打たれ　風に晒《さら》され
よく見れば　錆《さ》びてきている
それでも愚痴《ぐち》は　こぼさず
かと言って　衒《てら》うこともせず
真っ白な体で
今日も　安全を守る

カーブミラー

見えないものを見るために
備え付けられ
佇《たたず》んで
何を映してきたのか
その丸い鏡の中に

冬へ行く

お風呂から　あがったら
白い息が　頭の上を
通っていった
空を見上げると
月の光と白い息が
きれいに光った
もう冬になる
あの　寒い冬へ……
私は　また
白い息を吐いた

ナイフ

突拍子もなく
胸が痛くなる
この疼《うず》きは
いったい　何の傷なのだろう？

深海魚

人生
明るくなくちゃいけないと
誰が決めたんだろう
暗いところでしか
生きられないものだって
いるのに　ね

私の心

ケシゴムで字を消すように
私の汚ない部分も消しておくれ
ケシゴムが削れていくように
私の心も削れていく
ケシゴムが汚なくなるように
私の心も汚《けが》されていく

ケシゴムで字を消すように
私の汚ない心も消しておくれ

思いの丈《たけ》

「素直になれ」と言われて
素直になれたらいい
「バカになれ」と言われて
馬鹿になれればいい
人間の心っていう
脆《もろ》くて壊れやすいモノを
わたしらは持ってるんだ
そのまま
受けとめられねぇよ

シャボン玉

幸せは
シャボン玉のよう
すぐ作れるし
すぐ消える

ねぇ

ねぇ　僕は
何のために
ここにいるんだろう?
ねぇ　僕は
何のために
生まれてきたんだろう?
ねぇ　僕は
誰に　答えを
求めているのだろう?

意味

「生きていく意味がない」
「生きていても意味がない」
誰がそう決めたの？
死んでどうなるというの？
あなたは　誰かにとって
必要かもしれないのに
誰が　死んでいいって
決めたの？

七夕

今の生活に
満足している　はずなのに
私はまた何かを求めて
そのことに苦しんで
不平不満を言って
いったい　何がしたいんだろう
いったい　何が欲しいんだろう
紙に書かれた小さな願いは
いったい　何処《どこ》へ行くのだろう?

メランコリー

我慢してるくらいなら
泣いちまえ
誰にも見せたくないなら
一人になって
自分を慰める時間を
静かにとるのも
結構　大事なんだよ

傘

悩みなんて
雨みたいなものだから
止《や》むのを待てばいいって
言われたけど
そんな簡単に
上がるものでもないのです
降ってくるのを気にせずに
雨に打たれてみたいものです

幸せのもと

悲しみや
苦しみが
私たちの
幸せのもとに
なっていることを
はじめて
知りました

涙

ここで生きていることが
なんと　すばらしいのか

そう思ったら
不意に　涙が
あふれてきた

生

ここに
生まれてきたことに
意味があるんだ

夕焼け涙

心を　ズタズタにされて
涙が　こぼれ落ちそうで
ふと　空を見上げたら
きれいな夕焼け空
嗚呼《ああ》　神様
この美しい空を見せるために
少し私を　傷つけたのですね

海青《カイセイ》

さざなみ
潮《しお》のかおり
はてしなく広い
一色の藍《あお》
砂地に足跡をつけ
自然と童心に
戻れる場所

いつのまにか
深い碧《あお》に
吸い込まれて
いってしまう

はてしなく続く
単色の蒼《あお》
それでいて
さまざまな
表情の
深い　広い
一色の青

帰り道

たまには　寄り道もいいさ
新しいことを発見しながら
たまには　休めばいいさ
疲れたんなら休めばいいさ
空や　地や　小鳥や　自然に
目を向けるのもいいさ

夕日が沈むのを
まぶしさに耐えながら進む
この道を
私は　けして　忘れたりしないさ

お気楽

気楽に
生きていこうよ
私も　あんたも　みんな
一度は　苦しい思い
してるんだから
みんなで　お気楽に
生きていこうよ

いるべき処《ところ》

本当の居場所
というのは
いま　あなたが
存在している
ところなのです

旅立ち

私は今日　卒業する
でも　ここはゴールではない
ここから　スタートなんだ
悲しむべきことではない
夢に向かって　翼ひろげ
自分の歩むべき道を
今　ここから見つけだそう

面影

大人になるということは
何かを諦めることなのだろうか
失うのを恐れて
最初《はじめ》から求めようともせず
いつか記憶の片隅に
押し込められる日を望んで

傷つくより先に
好奇心が勝っていたのに……

目の前で　幼い頃の私が
小石を蹴《け》って　遊んでいた

乗り合い自動車

太陽に優しく染められた
いつもの風景が
切なくなるほどに
美しく見えた
この悲しいくらいの情景を
ただ　描き留めておきたいと
願った　別れの弥生晦日《やよいみそか》

心の音

少しずつ　少しずつ
大人になっていくごとに
私は何かを忘れていっている
時間の流れを短く感じ
大切なものが　何なのかわからない
優しいキモチが　心の中から
少しずつ　少しずつ
欠けていっている

決別

急に　声が蘇《よみがえ》って
涙が　溢《あふ》れそうになる
隣にいて　笑い合っていた友人の
一人ひとりの表情《かお》を
桜が散った頃に　思い返していた

ゆすらうめ

くるくると
風の渦に乗って
桜花が　踊る
さわさわと
静かな笑い声をたてる
花びらの舞は
すとん　と溝に落ちて
まるで　何もなかったように
一礼して　消えていた

翡翠《ひすい》の皐月《さつき》

空がこんなにも青かったなんて
山があんなにも翠《みどり》だったなんて
ふっと上を見たら
ただ目の前に蒼《あお》があった
少し下の空間に
光を受ける緑があった

永い間忘れていた美しさが
きらきらと　そこで輝いていた

梅雨《つゆ》の雨

雨が降る
梅雨に入る
暑い夏が来る前の
やさしい　やさしい
雨が降る
すべてのものが
水を求め
雨を吸い込む
しずかに　しずかに
梅雨が通り過ぎる

日輪《にちりん》

久しぶりに
覗《のぞ》いた青空
眩《まぶ》しすぎて
直視できなかった

こんなにも　お日様って
輝いていたんだね

斜陽

夕日が壁に映って
オレンジを　写し出す
なんて　柔らかい
摑《つか》めそうな色なのだろう
じっと見つめていたら
心に　鳥肌が立った

追憶

悍《おぞ》ましいほどの
赤い光で
太陽が沈んでいく
写真に収めようとして
シャッターを切ったけれど
どうしても撮れなかった
やはり　美しいものというのは
残しておけない運命《さだめ》なのだ

夏入りの風

梅雨《つゆ》が休んだ今日の空は
きれいに晴れあがって
久しぶりに太陽が
雲のすきまから顔を出して
優しい風が
私の自転車を
追い越していった

短冊

いつから
疑い始めたのだろう
この世界には
妖精《ようせい》など　いないと
いつから
信じなくなったのだろう
夢など　叶うはずがないと

想像し　希求し
欲したものを
最初から諦めるようになったのは
いったい　いつからだろう

夏の色

ふうりんの音
日の光
しずかに夏を
想わせる
セミの声
雨のニオイ
にわかに夏を
思い出させる
蚊取り線香
プールの水遊び
やさしく夏が
通りすぎていく

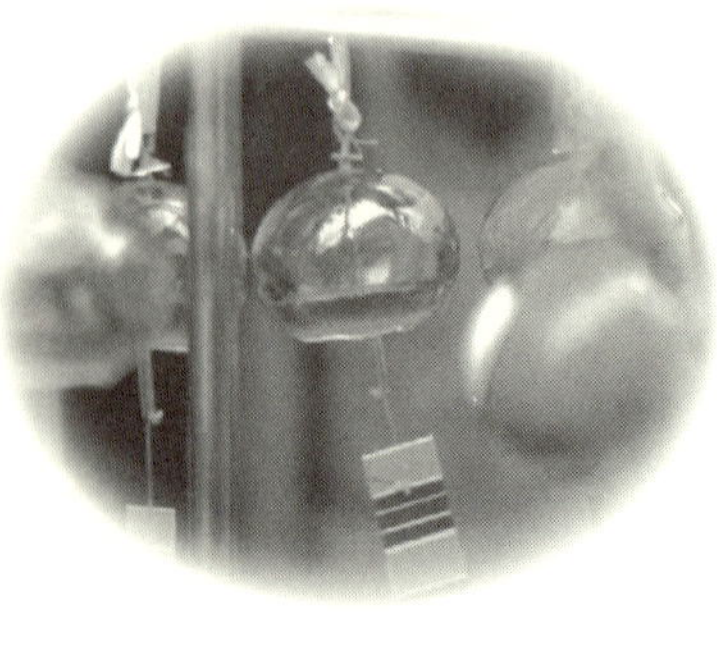

十八の夏

変わってしまったのは
世の中じゃなくて
変わったと思ってしまう
自分の心なのかもしれない

だって　見上げれば
いつも　そこに空はあるのだから

軌跡の奇跡

風鈴と
穏やかな風
寝転がって
聴こえたのは
心臓の鼓動
今ここで
生きている幸福を
再確認させられた
ある文月の日

裸足の散歩

しゃりん　しゃりん
しゃりん　しゃりん
歩くたび
足に草が触れる
さりん　しゃりん
大きな地球の一角で
自然の息吹を感じた
夏　昼下がり

一人月夜

苦しみを隠して
よけい辛くなるくらいなら
泣いたっていい
悔やんだっていい

今は　何も考えずに
こうして涙を流していたい

アルバム

離れているけど　つながっている
不確かだけど　寄り添っている
曖昧《あいまい》な記憶と
誰かを想いやる気持ちが
合わさって　溶け込んで
私の思い出に　仕舞《しま》われていく

一つの威圧感

月は皓々《こうこう》と光を放っているのに
風が木々を揺らして
ゆっくりと　近付いてくる
小さな塊《かたまり》は　大きな塊となって
我々を　おびやかす
山の端が少しずつ
陰に占領される
開いている窓のカーテンが
津波のように　襲ってくる
台風という名の自然現象が
次第に形となって
まもなく　ここへ　上陸する

大人の階段

得ると同時に
失うというのなら
歳を取るのは無意味だと
思っていたけれど

美しく年月を重ね
生きる人を見て
私も　一生懸命
日々を過ごそうと
想えた　秋の入口

今日

明日を思い煩《わずら》うのが
なんだか急に
馬鹿らしく感じた

白い月の向こうから
優しさが溢《あふ》れ出て
微笑《ほほえ》まずには　いられなかった

切り取られた　電車窓

くだらない理由

くだらない理由でも
今日　生きていたいと思う
明日が来てほしいと願う
それで歩いていけるなら
別に　いいんじゃない？

幸福の問答

幸せや不幸の意味なんて
あたしに聞かれても
答えは出せません
だけど　あなたがあたしに
「幸せ？」と聞いたら
あたしは笑顔で
「ハイ」と
答えることができます

necessity

大人になる必要も
強くなる必要もない
怒る必要も
憎む必要もない
真面目になる必要も
偉くなる必要もない
そのまま　自分を
抱きしめてあげれば
それでいい

路面電車

まるで　雪のように
ススキ野原が揺れる
白い穂が風になびいて
ゆらゆらと　私を誘《いざな》う

逍遥《しょうよう》日和

空の青さと
花の美しさに
なにも言葉が
浮かんでこなかった
でも　それに気づいて
一瞬　立ち止まれたことが
今の私には　嬉しかった

暁《あかつき》

たった数日
見なかっただけで
こんなにも
赤く染まるものか
紅葉という
神の業《わざ》に
心を打たれた
霜月の朝

ノスタルジア

地に集められた木の葉たちが
台風の風にあおられて
空の中を飛ぶ
その光景は
切なく　そして　儚《はかな》げに
きらきらと輝いて
そして　徐々に
舞い散って　消えてゆく
この風景を
私は覚えているだろうか？

はじまりはいつも図書館

本を手に取って
活字を目で追っている瞬間
少し暗い棚の間を
良い作品がないか探している刻《とき》
私はいつも
「海」を感じてしまう
「物語」という名の大海原に
引き込まれ　惹《ひ》きつけられ
そして　また今日も
図書室の海を彷徨《さまよ》う

本

ページを一枚めくるごとに
新しい言葉が飛び出してくる
楽しかったり　悲しかったり
いろいろな物語が詰まっている

開いてみなければ　わからない
手に取らなければ　わからない
あなたを待っている
秘かに　待っている
たくさんの
一冊の本

読書の秋

とぷん　という音がして
すっと　引き寄せられる
そんな瞬間のために
この心地いい刹那《せつな》のために
私はきっと　本を読むのだと
つくづく　そう思った

万華鏡

硝子《ガラス》の中に
青い月がぽっかりと浮かぶ
めまぐるしく流れる光の渦に
花は咲き乱れ　蝶は空を飛ぶ
ゆるやかに星が反映し
静かに日は落ちて
あとは　もう透明な優しさが
ふわふわと漂って
私の心を
よけいに　物悲しく映す
儚《はかな》いビーズのグラデーション

夜を追いかけて

ちりばめられた
無数の　天上の星
首を動かさなければ
届かない高さに
愛《いと》おしさを感じた
静かな　冬の宵《よい》

無音

目が覚めて
窓を見て
雪が降っているのを
知った　瞬間
頭まで　醒《さ》めた
冷たさが　肌に染みる
「しんしん」と
音を蝕《むしば》んでいく

大晦日《おおみそか》

雨雲は大抵
黒で描かれるけれど
本当の空は
綺麗なほどの白
吐く息さえも
その風景に　溶け込んでゆく
優しい水滴が
新しい日々の幕開けを
静かに祝福している
真夜中の一瞬

年末年始

年の瀬
新年
だからといって
わたしが
変わるわけでも　ない
これからの日々も
迷って　悩んで　苦しんで
それでいて
楽しんで　慈《いつく》しんで
一瞬の刹那《せつな》を
精一杯生きよう

そういうことしか
私にはできないから
「自分」というものを探しながら
私は　わたしのままでいよう

処方箋

悲しみの渦に
呑まれてしまったら
泣かせてください
それ以外に
何も方法がないのですから

ペシミスト

雨の音って
好き
泣けない代わりに
涙を流してくれる
心に突き刺さるように
私に堕《お》ちてくる
生と死と再生のレクイエム
痛々しいね
「胸《ここ》」が

バベルの塔

あの雲に
乗れると
信じていた頃
目に見えるもの
すべてが神秘だった

今はもう
硝子《ガラス》窓に阻《はば》まれて
現実を摑《つか》むことすらできない

未確認飛行物体

連れ去っておくれよ
この夢見る少女を
現実から逃れたいと願いながら
一歩　踏みとどまって
一生懸命　生きている私を

愚《ぐ》痴《ち》

辛い
とは言わない
辛くない
とは言えない
私は
弱音を吐くほど
強い人間じゃないから

文語

人間はだうして　死ぬのだらう
人間はだうして　生きるのだらう
神が死なんと　命じたからか
神が生きよと　命じたからか
その差は　いづこにあるのだらう

昇天

親しいひとが
「亡くなった」と聞いても
その事実が胸に落ちるまで
何分
何週間
何十年と　かかる

いつも　新聞に載っている
誰かの死亡記事
その裏に
悲しみが
慈《いつく》しみが
そして　愛が
詰まっていることに震えて
今はただ　瞼《まぶた》を閉じる

戦後六十四年

一度だけ　広島を
訪れたことがある
記憶と共に
風化しつつある原爆ドーム
テレビ画面を通してしか
見たことのなかった「祈りの祭壇」も
人々が埋め尽くさなければ
ただの広い草原で
映像のイメージと
かけ離れている場所に
ただ　茫然《ぼうぜん》としたのを覚えている

ウォークラリー

濡れそぼつ雨の中を歩いていて
何故だか　心がじんわりと
凪《な》いでいくのを感じた

自分の脚《あし》を使って
自然を味わえる幸福
「地に足がついている」
という意味を
不覚にも　悟らされる

太陽と涙

夏の空の青さがあって
冬の空の高さもあって
春の緑の美しさがあって
秋の紅葉の綺麗《きれい》さもあって
四季折々に
それぞれの儚《はかな》さが存在し
不意に　その悲しさに触れて
ふと　泣きたくなる
穏やかな午後

寸陰《すんいん》

一度きりの
人生だと言うなら
もっと無茶しても
いいんだろうか

今さらながら
未来を悩む

一瞬の辱《はじ》

わからないことがあったら
何でも聞くべきだと
諭《さと》されるけれど
実際問題　訊《き》くのは
とても　憚《はばか》られて
たとえ　一生の恥になっても
知っているフリを続ければ
いいと思う　自分を選ぶ

端境《はざかい》

不幸じゃないけど
幸福でもないんだ
不自由じゃないけど
自由でもないんだ
枷《かせ》はないけど
捕われてはいるんだ
現実と夢の間《はざま》を
行ったり来たりしているのさ

リセット

こんなこと　思っちゃ
いけないいんだろうけど
生きるのに疲れた　と
感じる夜がある
死に蝕《むしば》まれたくて
闇に　躰《からだ》を晒《さら》す
しかし　身を横たえても
頭上の月が私を照らし
「まだ　生きよ」と
光を射してくる
いたたまれなくなって
起き上がらずには　いられなかった

二十歳

この世に生まれなければ
悲しみも　苦しみも
知らずに　済んだかもしれない
でも　今まで生きなければ
幸せも　喜びも
感じなかったかもしれない

ここに　いることが
ただ　誇りに思えた

トキノキネンビ

離れたくなくても
別れなくちゃいけない瞬間がある
一緒にいたいと願っても
永遠に傍《そば》にはいられない
でも　だからこそ
人間《ひと》の生命《いのち》に限りがあるからこそ
この　ふとした刹那《せつな》を
私は大切に活《い》きたい

黎明《れいめい》

太陽に照らされて輝く月が
いつもより　温かかった
大抵は　ひやりと
私を責めるのに……

ありがとう
慰めてくれて

偽り

正直に
生きたほうが
傷つかない場合だって
あるだろうが

休み時間

何かに
引き上げられたかのように
やる気が湧いてくる

その時まで
寝転がっていよう

鱗雲《うろこぐも》

この
眩《まぶ》しいほどの幸福を
私は　また
見逃すところだった

ステップ

いいよ
今日は泣いても

また
次の時間《とき》へ
進むために

今夜は
泣いても
いいよ

魔法の夜

穏やかな闇に
躰《からだ》を預けたら
心の中の痛みが
静かに　ゆったりと
流されていった

想像する未来

世界は無限大で
捕まえられないものは
ないと思っていた
でも
私が手離さずにおれるものは
ほんの一握りしかなくて
その空しさに泣けてきた
これだけのもので
何ができるのか
希望も　夢も　期待も
すべて打ち砕かれた

でも　こんな小さな私でも
照らすことのできる人がいる
この弱い力を
頼りにしている誰かがいる
それは　幻かもしれない
偽りかもしれない
独りよがりな我が儘《まま》かもしれない

でも　私はやってみたい
好きだからこそ願ってみたい
そう　想ったら
違う涙が
溢《あふ》れてきて止まらなかった

誓詞《せいし》

朝　白い月が
私を励ましてくれた
昼　輝く太陽が
私を立たせてくれた
夜　激しい雨が
私を叱ってくれた

こんな世界に
生きようと　思う

蒼《あお》

気がつけば
今日の空も
こんなにも　青い

契《ちぎ》り

指切り　げんまん
してないけど
今度　会う日まで
死なないでね
約束だよ？

決意

誰かが
疲れたときに
休みに来られる
宿り木のような
存在でありたい

沈黙の中で

言葉では
語り合えない
抱きしめても
伝わらない
そんな想いが
あることを知っているから
あなたを責められない
独りぼっちの　夜中

背中越し

わたしが
傷ついていることに
あなたが
気づかないように
わたしが知らないうちに
あなたも
傷ついていたのね

ブランコ

理性も　感情も
どちらとも
「君」なんじゃないのかい？
揺られては　戻り
落ち着くことはないけれど
どちらも　大切な
君自身では　ないのかい？

共感

素直さも
勇気も
優しさも
強さも
人それぞれ
感じ方が違うから
幸せも
悲しみも
もらったり
なくなったり　するように
誰かに
押しつけちゃいけないんだね

君の隣

当たり前な慰めしか
言葉にならないから

今は　何も問わずに
ただ　傍《そば》にいよう

アプリオリ

あなたは
あなたのままでいいよ
僕は味方だから
安心して　もたれていいよ

朝《あした》

今日を生きるのが
明日を迎えるのが
辛くなった時は
布団にもぐり込んで
好きなコト　考えよう
そうしたら　いつの間にか
太陽が　迎えに来てくれるよ

バリエーション

変わらなくても
いいし
変わったって
いいんだ
どちらも
「あなた」なのだから

現在《いま》

そんなに焦って
どこへ行こうっていうの？
「今」はちゃんと
ここにあるよ
未来を知ろうなんて
そんなの無理なんだから
慌てる必要なんかないさ

nobody's solitude

『誰もが　一人じゃない』
それは　ある意味　嘘だ
人間《ひと》は　独りで決断し
生きなければならない

けれど　私たちは
一人では　生活できない
常に支えられ　また支え
決して「孤独《ひとり》」ではないのだ

好き

人間は
相手を理解し得ないからこそ
愛し合う必要があると
教えられた
ある寒い日

融解《ゆうかい》

あっためたいのに
なかなか　あったまらない
あっためたいのは
身体《からだ》じゃないの
もっと深くて
つかみとれない
複雑なキモチ
あっためるには
どうしたら　いいのかな

どこかで冷えて
固まってしまった感情
優しく包んで
あっためてあげよう
すぐには解けて
流れてはいけないから
静かにくるんで
あっためてあげよう

大切な人

傷つけるより先に
赦《ゆる》し合いたい
悲しむ前に
苦しみを知りたい
あなたが倒れそうな時
傍《そば》にいられないとは思う
けれど　あなたを想っているから
せめて　憶《おも》い出してね

受容

悲しみも　苦しみも
痛みも　怒りも
とりあえず　容《い》れてしまえばいい
そうすれば　いつか解《ほど》けていくから
その日が来るのを　絶えず祈って

比較級

愛《め》でられることなどないのに
溢《あふ》れるばかりに
ツツジが咲いている
褒《ほ》められるわけではないのに
闇の中　いっぱいに
カエルが鳴いている

認められなくとも
それでいい　と
言ってくださる神様がいる

みどりご

どの人間も　皆
産声をあげて　生まれる
生命《いのち》を受け継いだ証として
私たちは泣きながら生まれる
そして　世界に祝福され
私たちは　こうして生きている

願い

私が　今までに
出会った　すべての人に
感謝を
そして　まだ
出逢っていない人々に
喜びを
あなたが　あなたであり
私が　私であることの
恵みと
美しいものが
ここに存在することを
ただ　歓《よろこ》ぶことができるように

あとがき

傷を治すことができるのは
その人　本人だけだから
せめて　指針を示す「処方箋」になれるよう
願って　言《こと》の葉《は》を綴る

このたび、小学生の頃から現在に至るまで綴ってきた詩を、一冊の本にまとめることになりました。

この本を手に取って読んでくださり、ありがとうございました。

詩集を刊行するにあたり、ご協力いただきました文芸社の皆様、今まで私を応援してくださった方々に、心から感謝いたします。

二〇一〇年　春

田畑　明日香

著者プロフィール

田畑 明日香（たばた あすか）

1987年生まれ。
三重県出身、在住。

詩集　処方箋

2010年３月15日　初版第１刷発行

著　者　田畑 明日香
発行者　瓜谷 綱延
発行所　株式会社文芸社
〒160-0022　東京都新宿区新宿1－10－1
電話　03-5369-3060（編集）
03-5369-2299（販売）

印刷所　図書印刷株式会社

ISBN978-4-286-08547-0